第6回 素月詩文學賞 受賞作品集

〈株〉文學思想社

제6회
素月詩文學賞
選定理由書

　시인 조정권의 〈山頂墓地〉 연작은 한국 현대시의 서정성을 새롭게 심화시켜 놓고 있는 역작입니다. 그의 언어는 다채롭고 어조는 더욱 큰 변화를 보입니다. 더구나 정서를 통제하는 상상력의 균형은 인간 존재의 심연을 꿰뚫는 힘을 발휘하고 있습니다.

　시인 조정권이 서정의 언어를 통하여 확대하고 있는 시적 인식의 정채로움에 주목하면서 제6회 소월시문학상의 수상자로 선정합니다.

1991년 10월
素月詩文學賞 選考委員會

具常 金南祚 金容稷 黃東奎 權寧珉

차 례

대상 수상작

조 정 권

차 례 ●━━━━━━━━━━━━━━━━━━━━━●

차 례 ●━━━━━━━━━━━━━━━━━━━━●

차 례 ●━━━━━━━━━━━━━━━●

조 정 권

山頂墓地 · 13 外

• '49년 서울 출생
• '70년 《현대시학》 추천 데뷔
• '85년 녹원문학상 수상
• 제10회 김수영문학상 수상
• 시집으로 《비를 바라보는 일곱 가지 마음의 형태》
《시편》 《허심송》 《풀잎 속 푸른 힘》
《산정묘지》

산맥과 산맥이 숨가쁘게 치달아 내려간 곳에
바다가 가로막고,
길은 절벽에서 끝났다.
돌아갈 길 잃었도다.
구름낀 암석과 조용한 무덤들 사이 밤이 오고 있다.
바위틈 黑鳥들은 인기척을 피해 어둠 속으로 깃을 숨기고
어둠에 잠긴 돌껍질을 부리로 쪼며
지상에서 멀리 떨어진 방랑자의 걸음을 재촉하고 있다.
그대 왜 어두운 눈초리로
벼랑에서 쏟아지는 어둠의 폭포를 들여다보는가.
사다리를 타고 오르는 듯 숨가쁜 호흡을
핏속에서 꿈꾸고 있는가.
그대 돌아가야 하지 않는가.
저 아래 바다에 달빛 차 오르면
빈 배는 노 없이도 혼자 가고,
죽은 어부들은 잠시 외출했을 뿐이다.
저 바다의 그리운 옛길을 찾아 마실가듯.
하지만 살아 있는 자들에게 휴식이란 얼마나 위태로운 잠
인가.
썩은 흙내음을 칠흑 같은 사방에 끼얹어대는 나뭇잎과

곳곳에 나뒹굴어 흙빛깔로 돌아간 삭은 나무 둥치들,
도처에서 안개는 발목을 휘어감으며 가라앉고
발뿌리에 걸리는 돌무더기와
죽음의 신호를 보내는 黑鳥들의 울부짖음,
입을 가로막는 어둠 속 낭떠러지,
그대 돌아가야 하지 않는가.
길은 언제나 땅에서 벗어나 절벽 끝으로 이어지고
저 아래 바다는 세계가 태어나기 전의
바람소리의 공허를 알리고 있다.
세계가 비롯되기 이전의 無垢한 바다는
늘 시작의 순간처럼 물결을 새롭게 되돌려준다.
그대가 그대를 통해 새로워지는 장소, 물속의 神殿, 기둥
들.
수없이 많은 水晶의 고요한 빛을 가라앉힌 정신의 장소.
길은 어디 있는가.
처음의 지점으로 다시 돌아가 시작할 수 있는.
바다가 오랜 세월 生成해온 것은 모래일 뿐.
육지 기슭으로 밀어올린 것은
입을 크게 벌린 공허의 거품과 한밤중 같은
巨魚의 뼈.

또는 조개들이 자던 하얀 化石의 잠.

그들 역시 길을 잃었도다.

그대 돌아가야 하지 않는가.

휴식이란 얼마나 위태로운 잠인가.

그대 아직도

눈은 암흑 속에 던져진 돌처럼 우주를 헤매며 고아를 꿈꾸
고 있는가.

귀는 雪原 속으로 탐험을 떠나 소리치는

雪風 속에서 혼돈을 그리워하고, 깨우쳤지만

발은 길을 잃었도다.

하늘에서 장닭이 홰를 치듯 태양이 세계의 門을 열기 전
부터

길은 어디에 있었는가.

처음의 순간은 어디였는가.

山頂墓地 · 19

우리는
땅에서 태어나 땅에서 좌초한 인간들.

가 닿을 수 없는 높이를 강인하게 추구하다가
寒氣를 끌어모아 서리를 뱉어내는 겨울땅에
결국은 드러눕는 인간들.

언젠가 이른 봄 그대들이 찾아낸 새파란 무덤 하나,

그대를 향해 왈카 달려드는 풀내음
그것이 우리가 끝까지 살아야 했던 이유이다.

山頂墓地 · 22

地上에 비내리고 山頂엔 눈내린다
눈은 어찌하여 지상까지 오기 꺼리는가
산봉우리에 학처럼 깃들고 싶은
저 뜻 숨기기 위함인가

들어오너라, 너! 서슬퍼런 겨울.
내
삭풍을 후려치는 참나뭇가지 들어
네 못된 사나운 힘 수그려 놓으리라.

山頂墓地 · 26

하늘에다 누가 어둠을 불질러 놓았는가!
절망이 임종하시어 하늘의 언 창살에 갇혀 있다.
들판이 개 짖는 소리를 내도
하늘 쪽으로는 답장을 쓰지 않는다.
희망을 번역한 죄
산과 땅을 번역한 죄
시간을 번역한 죄
네 죄가 크다.
희망대신 검은 광목천을 번역한 죄
땅과 산대신 감옥을 번역한 죄
시간대신 빈 소쿠리를 배달한 죄
내 죄가 더 크다.
나는 절망이 잡수실 私食을 하늘로 올려보낸다. 거절당
한다.
　겨울 솜바지 한 벌 올려보낸다. 거절당한다.
　시간의 소쿠리에다 흰 쌀밥 잘 지어 올려보낸다. 거절당
한다.
　털신 한짝에 영치금을 넣어 올려보낸다. 거절당한다.
　드디어 나는 자신의 배를 째기 시작한다. 간수들이 와서
막는다.

간수들은 희망의 따귀를 치기 시작한다 나는 반항한다
나는 코피를 흘리며 쇠창살에 갇힌다
절망을 두둔한 죄 보호 은닉하려 한 죄……
간수들은 옛날 얘기를 들려준다
옛날에 너 같은 놈이 이곳에 들어왔었다
우리는 그놈의 힘을 누그러뜨리려고 사슬로 묶어 놓았는데
밤만 되면 쇠사슬을 가슴팍으로 우두둑 우두둑 끊었다
쇠땀을 쏟으면서 끊어 보였다.
자, 저 결박당한 놈을 보시오 우리는 돈을 받고
터질 것 같은 삶의 폐를 구경시켰다
우리는 돈을 받고 터질 것 같은 삶의 심장을 구경시켰다.
옛날에 너 같은 놈이 또 이곳에 있었다
그놈은 아직도 쇠창살 속에서 살고 있다 그놈은 쇠사슬과
단둘이서 산다 쇠사슬의 아버지다
그놈은 자기가 걸친 쇠사슬을 자식처럼 아낀다
우리는 그놈에게 더 굵은 쇠사슬을 던지며 명령했다
자, 이것을 한번 끊어보라 끊어보라 그놈은 듣지 않았다
그래도 아직도 쇠창살에 갇혀 있다
그놈은 쇠사슬을 끊지 않고 있다
터질 것 같은 삶의 분홍 폐와 심장을 보여주지 않는다

그놈은 쇠사슬을 끊지 않고 있다 일도 하지 않는다 멍하
니 山만 바라보고 있다
그래서 우리는 그놈을 내보내지 않고 있다 내보내지 않고
있다
그놈은 山만 바라보고 있다
그놈은 우리와 멀리 떨어져 있는 山과도 같다.

山頂墓地 · 27

밤은 그의 옆구리를 독살했다.
밤은 그의 옆구리에 수술가위를 집어넣은 채 봉합해 버렸다.
밤은 그의 옆구리에 검은 장미를 심어버렸다.
밤은 피칠한 손을 냇물에다 던져버렸다.
밤은 시꺼먼 냇물을 벌컥벌컥 마셨다.

이제 그의 옆구리는 꿰맨 돌의 환상을 가진다.
이제 그의 옆구리는 결박한 밧줄의 환상을 가진다.
이제 그의 옆구리는 꿰맨 자국 감쪽같은 바늘의 환상을
가진다.
그는 독살된 것이다.
그는 진공청소기로 지워졌던 것이다.
이제 그의 옆구리는 수술가위에 대한 회상을 가진다.
신경이 없는 고무장갑에 대한 회상을 가진다.

그는 자신이 독살될 거라는 환상에 잡혀 살아왔다.
저 거대한 大地의
암흑침대에 사지를 버둥거리고 누워
하늘에서 내려뜨려진 링게르 줄이
가시투성이 장미줄기같이 보였다.

밤은 이제 자신의 눈을 독살할 차례다.
밤은 이제 자신의 눈에 돌멩이를 처넣고 봉인할 차례다.
밤은 이제 자신의 눈에 두 개의 못을 심어 놓을 차례다.
밤은 이제 자신의 옆구리를 모래처럼 흘릴 차례다.

이제 밤의 눈은 흰 붕대에 대한 환상을 가진다.
이제 밤의 눈은 박힌 못에 대한 환상을 가진다.
밤은 이제 자신의 손가락이 쇠사슬처럼 지상에 번식될 거
라는 환상을 가진다.
그 손가락은 저 거대한 地上의
암흑 뿌리에서 자라 올라
하늘에서 내려오는 링게르 줄을 움켜쥐고
주삿바늘을 자신의 손목에 꽂는 것처럼 보였다.

한 겨울에 豊山을 찾아가 보았다.
겨울산이 앙상하게 강골을
드러내더군.
오 풍성해라,
잎 다 진
뼈들은 투명해.
눈부신 마음으로 내 입은 잎이 無가 된 뒤 노래불렀지.
아 얼마나 가벼울까
질긴 살덩이 벗어났으니.
살들은 얼마나 홀가분할까
질겼던 살덩이 다 잊었으니.
하늘에서 때마침 가벼운 눈 내려
겨울산을 널직하고 편안하게 빨아주더군.
내 그리운 이 입술 無가 되어 혼자 지을 미소 문득 떠올라
투명한 소주 한잔 찬 땅에 따랐지.
흙이 눈부시게 솟아올라
살을 홀홀 털어 버리더군.
아 豊山은 얼마나 가벼울까.
뼈들은 얼마나 홀가분할까.
질긴 살덩이에서 놓여났으니.

獨樂堂

獨樂堂 對月樓는
벼랑꼭대기에 있지만
예부터 그리로 오르는 길이 없다.
누굴까, 저 까마득한 벼랑 끝에 은거하며
내려오는 길을 부셔버린 이.

偶 吟

늦은 저녁 늦종소리 발등 멈추게 하고
무덤가 바람소리 송뢰소리 귀 잡아당겨도
밤에는 절벽으로 돌아누워 고요한 얼굴 대한다.
하루 하루가 망망대해.

大吟

내 가거라,
나 장벽같이 닫아 걸고
추위 한 조각과 더불어
깨어 있어야겠다.

송곳눈

내가 아는 환쟁이 영감은
그림 한장 그려달라고 하자 보는 앞에서
제 눈을 송곳으로 찌른 모양이야
보기 싫은 작자 영 보지 않겠다고
제 눈알을 파버린 셈이지
재미있는 것은 그 영감이 파버린 눈으로
세상을 보며 그림을 그려왔다는 점이야
두 눈을 뜨고 두루 세상을 보는 것보다
한쪽 눈만을 송곳처럼 뜨고 보는 편이 훨씬 참을 만했다
는 거지
송곳 같은 눈으로 그림을 그렸으니 무엇을 그렸겠나
그려놓고 나선 찢고
그려놓고 나선 찢고
그림이란 그가 물 위에 써놓고 간 흔적일 뿐이지
물 위에 이름 뿌리고 간 그 영감
어느 바위틈에다 송곳눈을 박아 놓았을지도 모르지

畫像

화가 韓萬榮이 그린 저 사람은
생전의 내 그림자일 뿐이거니
죽은 후 나는
저 사람의 그림자 되어 떠돌리
虛像이여
虛像이여

나 살아 생전 사용하던 이름을 가진 저 사람
죽으면 함께 불태우라 이르리

逸名

바보 畵伯 우리 마을에 살았네
평생 동안 붓 한 자루 종이 꾸러미 지고
산 오르기를 낙으로 했네
구름 속에 떠오르는 雲峰 다섯 개
붓끝으로 번쩍 떠오고 바위골에 소나무
孤節의 가지 솔방울 몇 줌 화선지에 흩뿌리는
기막힌 솜씨
장안 떠들썩 소문이 나자
앉아서 오징어 축 넘기듯 그림을 팔았네
山 한 채 샀네
바보 畵伯 우리 마을에 살았네
어느 날 갑자기 산 오르기를 그만두었다네
산에 가서 소나무만 보면 괜히 미안한 생각이 들고
바위나 怪石만 보면 괜히 죄송스런 생각이 들었다네
죽을 때 남긴 말이 명언이야
나는 그림을 그린 것이 아니고 평생 동안 지폐를 그려온
것이라나

밤비는 솔밭을 한껏 적시고

밤비는 솔밭을 한껏 적시고
늙은 소나무 아래 무심한 바위
아침 山빛을 빌려 다시 젖어 있다.
책상 앞에 무릎 모우고 冊 다시 펴
마음에 눈썹 하나 그려 보나
이 눈썹 볼 수 없네.
가로막고 가로막힌, 이 아득함.

이 밤의 툇마루끝이

산허리에 둘린 안개 어둠에 잦아들고
언제 보아도 절벽 소나무는 급경사를 이루네.
저녁부터 온 허공 잔잔히 메를 매기는
눈발 바라보네.
이 밤의 툇마루끝이 그대로 내밀어져
벼랑꼭대기에 아슬히 나앉아 있는 것 같구나.

躍 鯉 圖

물고기야 뛰어올라라
최초의 감동을
나는 붙잡겠다

물고기야 힘껏 뛰어올라라
풀바닥 위에다가
나는 너를 매다치겠다

폭포 줄기 끌어내려
네 눈알을 매우 치겠다 매우 치겠다

저편 강언덕에

쑥대풀 우거진 저편 강언덕에 빈집 한채 있네.
언제나 대문은 닫혀 있어도
빗장은 안으로 열린 채 있네.

저편 강기슭에 쉬고 있는 뱃머리
흰구름 내려주고 빈배로 다시 떠나고 있네.

高處

높은 가지 위에 열린 감들은
어느 마음이 미치지 못하도록
스스로를 멀찌감치 떼어놓으려 함인가.

철 덜든 마음들
오늘도 돌팔매를 던지네.

해질 무렵

해질 무렵 天幕을 친 시장아줌마들이
좌판 한쪽 구석에다 쪄서 내놓은
밥풀 듬성듬성 붙은 주먹덩이만한 감자를
무럭무럭 이는 김과 함께 깨무는 맛이네.
어느 한 개를 골라 집어도 뱃속이 든든한 詩네.

頌

늦저녁 초山에 솔방울 떨어지는 소리
밤 깊자 온 山을 울리네.
굵은 밤이슬 어둠 속에 내리는데
귀먹은 당나귀 그 소리 듣고
山으로 가네.
아, 온 山에 불이 붙었네.

김 명 인

눈 속의 빈집 外

- '46년 경북 울진 출생
- 고려대 국문과 및 동대학원 졸업
- '73년 《중앙일보》 신춘문예에 시 〈출항제〉로 당선 데뷔
- 〈반시〉 동인으로 활동
- 시집으로 《동두천》 《머나먼 곳 스와니》

눈 속의 빈 집

흐르는 이 길은 나도 거쳐왔던가
수면에 닿을 듯 억새들이
바람에 산란하는 것을 바라보면
犬馬여, 시리게 헤쳐온 저 노역의 하늘이
이제 막 일을 마친 눈꽃을 펼쳐 한 시절을 설경한다.
눈은, 풍경을 만나자 풍경을 지운다
물을 만나선 흔적 없이 다리 아래로
빠져나가는 물살들의 중얼거림
그리고, 땅거미 풀려나와 한 떼의 시간들을
잔광의 거미줄로 빠르게 얽어매는 동안
희미하게 솟은
난간의 쇠기둥에도 걸리며 빈 집을 끄는
쇠기러기떼 아뜩한 이사
(그러나, 철새들만 힘겹게 제 집을 떠메고 가는 것은 아니리)
눈은, 풀뿌리에 기댄 발칫잠, 전생은 죄 잊어버리고
한갓진 불빛에도 넝마처럼 더풀거리는
街燈 사이 저 작은 빈 터가 다시 저의 무덤인 듯
사라질 일 하나로도 벅차
식솔들을 끌고 분주하게, 분주하게 내린다

물 속의 빈 집 · 1

떠도는 길이 길로만 분주하듯
마음은 늘 솟구치는 바람에 스쳐 자즈라져
나는 北風의 세상 눈 한송이로
흘러왔다, 그리운 이여, 네게 가 닿으려고
지금 고삐 없는 몸 새털처럼 날린다 한들 빈 마음의
무쇠, 이 진창 건널 수 없고
무릎 꺾고 옆으로만 옆으로만 피멍들게 게걸음친다
저 눈보라 홀로 건너는 서쪽길 가득
허당에 감기는 건 채찍소리뿐
바람은 무슨 말로 기울다 비워지며 수면 위
죄 소리치며 화답하는 찬 물결일까

물 속의 빈 집 · 2

나귀여, 네게 허락된 이 고단한 행려가
잠깐, 日暮 속의 길이더라도
물 건너 마을은 이미 산그늘에 묻혀 지워져 있다
빈 수레를 풀어놓으면
어디선가 요란하게 버석거리는 갈댓잎 소리
冬至는 팥죽 반 그릇만큼의 노을을 풀어
제 밥솥 뚫리도록 걸레질하는데
아픈 두 발 쳐들고 저기 저 절벽
힘겹게 기어오르는 햇살 한덩이
문득, 골짜기 사이로 곤두박혀 앙상한 단풍의 길을 비춘다
이 황혼 이렇게 쓸쓸하여
한 사람의 길이 당도하는 적막 뼈저리는구나
저문 강물에 갇히면 어디에 묻어두려고
나는 아직도 그리운 사람이 있는가
안개 누비옷 축축하니 찢긴 물갈퀴일 망정
나귀여, 소리소리쳐서 이 세상 빠져나가자
불빛 깜박여도 물 속엔 빈 집
너는 사공도 없는 나루, 어느 세모래에 발목 파묻고
한사코 여기 마음 붙박고 서려느냐

칼 새의 방

십여 년 전인가, 나는
상봉동의 바위산에 올라가
닥지닥지 눌러앉은 서울의 집들을 바라본 적이 있다
그때 집이 없었으므로
눈 높이까지 차오른 저 집들의 어디에
나도 마음 누일 방 한칸 있었으면 했다, 가솔들을 끌고
몇 개월마다의 이사와 가파르던 숨결
그리고, 십 년 후에 나는 내 집 근처 약수터 야산 밑으로
이삿짐에 얹혀 트럭에 실려가는
한 聖가족을 본다, 저기 누군가
아직도 이 도시에서는 모세처럼
식솔들을 끌고 해마다 출애굽하는 가장들이 있는 것이다
어디에 있을 방 한칸을 찾아
절박했지만, 그러나 방 한칸 없이 절망조차 없던
그때는 마른 풀 가득한 빈 들의 시절이었을까
인생은 그런 것인가, 방 한칸의 희망을 완성하고
저렇게 나이 들고 무료하면 하릴없이
여기 와서 빈 물통 채우면서
나도 고함이나 한번 크게 질러보는 것인가
빈 것은 빈 것이 아니라고 우기던

겨우 그런 나이를 지나서
저 아래 빈 방인 저의 무덤 곁으로
다시 언덕을 내려가는 것일까
어차피 빈 방이 없어도 저기 저 바위가 제 식탁이라는 듯
모이를 줍고 있는 칼새 한 마리
누가 뿌린 것도 아닌데 제법 만족한 식사를 끝내고
칼새는 바위에 부벼 제 부릴 닦으며 즐겁게 재잘거린다
저렇게 앉아 있는 모습이 칼새 같지가 않다, 득의한 제왕
처럼
날개짓도 한번 크게 쳐보이면서
아직 집이 없으므로 절망의 둥지는 틀지 않고
칼새는 다만 자유롭게 서성거리면서

구름의 손

원래부터 그는 대단한 술사였다, 손끝으로
허공을 쳐서 꽃을 피워내는 일 따위는 그의
하찮은 잔재주였지만 그것으로도
수많은 관객을 끌어모을 수가 있었다, 약과 세월의 틈틈이
그러나, 솜씨는 낡아갔으므로 먹고 살기 위해서라도
새로운 충격이 고안되었다. 그의 일은
날마다의 驚異로 식상한 기술들을 갈아엎는 것,
그는 사람들 앞에서는 여전히 진지했으므로
會衆과 公娼과 심지어는 다른 야바위꾼들까지
그의 솜씨로 감동시켰다, 덩달아 명성도 높아졌지만
알고보면 인기란 탐욕한 군중들의 시선에 감추인 칼인 것을
그와 관객은 날마다 서로를 베는 더 높은 水位로
한단계씩 한단계씩 밀려갔다
조금만 더 조금만 더 낯선 것을 찾아서
조금만 더 조금만 더 날선 칼을 찾아서
마침내 사람들의 환호에 얽매인 부표 떠오르는 동안
그는 일생일대의 솜씨를 펼쳐보여야 하는 막다른 높이에
까지
올라섰다, 귓속에서는 부푼 耳鳴, 먹먹한 세월이
발 아래에는 탐욕한 시선들이 목을 길게 빼물었지만

스스로를 대신할 어떤 계책도 없었으므로
그의 굳은 혓바닥엔 살기가 돋고
다만, 그 위에 내리친 온갖 氣, 흩어지는 피의 선연함
그는 평생에 탕진한 주문들을 모아서
번개를 불러내었고, 그제서야 탐욕한 관중들이
아쉬운 밤 속으로 쏟아져 갔다, 벼락 떨어진 자리엔 꽃잎 하나
한 술사의 목에서 돋아 완성되는 보름달은
채 보지도 못하고

近郊

언덕배기 바위 틈서리에
작은 佛像 하나 졸고 있다, 누가 피우다간 촛불인 듯
밤새 외던 주문인 듯
촛농 어지러운 젯상에는 빈자의 소망 하나,
거기 웬 떡을 쪼아먹던 박새 몇 마리
인기척에 놀라 재빨리 길을 바꾸어
수풀 위로 난다
어느 운명에 끼여드시려는지 부처님은
내게 꺾이려는 나뭇가지인지, 너는
옷소매를 잡아당기고
나는 저 텃새의 길에 들어서서 묵묵히 언덕 아래를
내려다 볼 뿐이다
여기는 아직 사람 붐비지 않으니 近郊인가
다만, 나뭇둥걸을 두드리며 내려가는 아이들 두엇
언제부턴가, 저 수풀 사이로 난 길 따라
고층아파트의 모서리가 걸려 있고
그 위론 누가 휘젓는지
길을 바꾼 구름 양떼 또 몇 마리 흩어진다

유타詩篇·5

저기 홀립한 바위 너머의 아득함은 아득함인 채
산은 능선을 평계 삼아 경계 이쪽만 제 풍경인 양 보여준다
가려져 있는 길과 호수도 우리가 익히 안다는 것일까
볼 수 없는 등성이 너머 저쪽 인연에 기댄 삶이여
몸은 여기 있고 마음은 거기 가닿는 이 고립이
첩첩 산 너머 푸르름 일깨운다
거기서 누가 창문을 여는가, 담배연기
흩어지니 이 공기 속의 매캐함과
거기서 누가 술잔을 따르는지, 저녁 으스름이 켜드는
별빛의 홍등 아래 물새들 첨벙거리는 소리 들려와
호수를 따라나서면 어느새
침엽수림의 군단은 어둠 저켠으로 가라앉아 있다.
구릉 사이로 쏟아지던 萬年冰河여, 눈 녹은 호수에 쉬던
구름이여
까닭없이 막막하고 아득하지만
내일이면 나도 여기에 있지는 않을 것이다
그러나, 둘러보면 저 실핏줄 같은 개울물도 눈가의 소금
길 씻어
먼 바다로 흘러가는 것을,
우리는 전인미답의 길을 밟고 가는 것은 아니다

다만 대양의 미로를 잠시 잊었을 뿐, 물냄새로
제 길을 거슬러 고단하게 가고 있는
연어들의 떼
그러니, 마음을 연결하고 이끄는 것은 눈에 보이는 길이
아니다
끊길 듯 細路를 이어 별들과 별들 사이로 벋어 있는
성층 위의 한겹 하늘, 위로 또한 물, 겹겹이 적시고 건너
야 할
얽히고설킨 길들만 여기 서서
저문 뒤에도 오래 바라볼 뿐!

물 나르기

기억하지만, 어떤 안개 스쳐지나더라도
그 속엔 무엇이 숨어 있었나, 다만 가지 끝에는
흔들리는 나뭇잎
그 사이를 물고 지나가는 조바심하는 바람이
문득, 가을의 톱니를 들어 한 잎씩
숨겨놓은 하늘을 들춰낸다
엎드린 등성이 너머로
내 욕망의 십이지장을 건너는 느린 구름이여
지난 여름 나는 신록에 겨워 얼만큼 지치도록
미풍의 멀미에 내내 시달렸다, 이제는
몇 주름 접혀서 들리는 바람소리
그러므로, 어느 풍경일까, 오늘도 흔들리는 이여
잠깐의 광휘라 하더라도 힘겹게 길어올리는
저 가지 끝으로의 물 나르기
(바람의 공중돌기에 얹혔던 노역이 끝나면
잎들은 다시 처음의 물안개로 흩어지리)
매달려 있는 길들과 떨어지는 잎들 사이
거기 원래 내 마음이 놓였던 자리
누가 비워놓아 얼만큼 그 아래에도 푸른 허공인데
잠시 빈 곳을 채우러 오는 초록이 또 있을 것인지

소 금

갯벌은 넝마로 내리는 저녁 터진 솔기 사이로
흐린 눈썹 가두네
간석지로 난 수로를 따라가면 거기서 바다
방죽 저켠 허옇게 거품 문 수평선 출렁거려
떠나는 구름과 닿아야 할 파도가
미친 짐승이 되어 서로의 욕정에 얽혀 있다
낮은음표인 듯 갈매기 두어 마리 가라앉는
갯골 이쪽은 폐염전이 뻗어 있는 곳
저수지 가득 가두어도 소금이 되지 못한 못물과
간수 말리듯 연기 피우는
건너편 공단의 희미한 굴뚝들이여
나 여기 서니, 실족하라, 실성하라 뻘밭 끊어진 외길을

망가진 水車가 퍼담고 저쪽 구릉까지
힘겹게 퍼나른다, 맨발이 쓰리도록
발판을 딛고 가라앉아라 검은 지층 속으로,
소돔성길 돌아가는 나는 이미 탕진했는가
눈발은 어느 일생 위에 좀 뿌리는가
염전은 오래 전 소금을 버렸는데
나는 늦도록 여기, 소금기둥으로 붙박혀

등, 슬픈 氷河

투시기에 걸려
그의 등뼈가 발견된 것은
이제 막 간빙기가 시작되던 때였다, 그의 빙하기는
무지막지한 세월이 차지해버려 안개같이 희미한
필름 속이었을까, 꽝꽝 굳은 지각을 뚫고 솟아올라
비로소 바람머리에 서는 풀꽃더미
낮에는 들뜨고, 엄습하는 밤의 오한에도 시달리며
봄은 툰드라의 날들 밟고 빠르게 지나간다
그리고 우리가 짜맞추어 본 것은 허물어진 공룡의 뼈 몇
조각

그는 등을 보여주지 않았다, 그만한 세월이 감고 휘몰아간
채찍자국만 여기저기에 새겼을 뿐
추억에 앞서 무너져 갔으므로 연년이
무엇인가 기억해 내려고 애쓰는 아이들 앞에는
잠긴 문마다 뼈조각 일없이 흘러내린다
또 견딜 수 없는 시련과 세상 길들은
수도 없이 만들어지겠지만
그러나, 저 冰蝕된 시절 어디에고 신음소리
흩뿌려져 있는 것은 아니다

깡마른 등, 헐벗은 산등, 빙하 흐르다 드러난
저 칠부 능선의 빈터로
눈물에 잡히는 개들쭉 한 그루, 검은 지층 속의 꿈
쓸쓸히 파인 아픈 네 자리

자 벌 레

자벌레 한 마리
땅속 풀뿌리에 기대어
겨울을 나고 있다, 세상 메말라서
잎들을 놓친 가로수들 죄다 겨울바람에
빈 가지를 떠는데
자벌레는 건너야 할 세월도 없다는 듯
자기 몸 안으로 가로놓인 두 줄
선로 위로
천천히 오고 있는 기차소리도
먹무늬하늘나방의 꿈결 밖에 두고서
저 혼자 평화스럽게, 게걸스럽게
긴 겨울잠을 파먹고 있다

김 혜 순

불쌍히 여기소서 外

● '55년 경북 울진 출생
● 건국대 국문과 및 동대학원 박사과정 수료
● '78년 《동아일보》 신춘문예에 문학평론 부문 입선
● '79년 《문학과 지성》을 통하여 등단
● 시집으로 《또다른 별에서》 《아버지가 세운 허수아비》
《어느 별의 지옥》 《우리들의 陰畵》

불쌍히 여기소서

삼천 개의 뛰는 심장이
전동차 열 량을 끌고 간다
삼백 개의 따스한 심장이
지하로부터 무쇠 에스컬레이터를
끌어올리기도 한다
다시 삼만 개의 고린내 나는 발가락이
저 푸른 하늘 아래
저 쉼없이 흐르는 강 위에
전동차 열 량을 올려놓는다
만원 전동차 안, 내 심장 일심실 곁에서
삶으면 한 웅큼도 안될
쉰 머리칼의 할머니 분홍빛 심장 이심실이
뛴다 코티분 분통 터진 것보다
더 화한 심장이 뛴다

저 검은 머리털 아래
저 하찮은 에드윈 언더우드 아래
저 붉은 심장들이
숨어서 뛴다
오우 하나님 보시옵소서

따뜻한 속꽃 삼천 송이로 피운 심장 만다라
지금 한강 노을 속에 잠시
떴나이다

희디흰 편지지

화창한 대낮!
느닷없이 바람 불면
뉘 부르는 소리
나 고개 휙 돌려 돌아보면
문득 열리는 누옥!
방안 가득 비 오고요
아버진 아직도 구덩이를 파고 계셔요
아버지! 내 몸에서 비가 나오나 봐요!
내 가슴속 흰 나무들이
한 켠으로 몰려서서
바람 속에 잔가지를 털어요, 그러면서
비의 몸이 되나 봐요
몸속의 아이들이 다 물이에요
어머닌 어디 가셨나요?
밥 올려놓고 어디 가셨나요? 밥
다 타는데 어디 가셨나요

그러나 아버지, 그 황토흙일랑 그만 꺼내시고
파시고 내 말 좀 들어보실래요?
내 가슴속 온갖 구멍 속의 아이들이

젖은 머리칼을 내어 말리고 그 구멍 속으로
내 편지를 가득 실은 파발마가 달려가요
내 희디흰 편지를 가득 싣고
적토마는 달려요
저기 보세요 누가 오고 있어요
그는 큰 가방을 들었어요! 아버지
시집의 문을 닫고 마당으로 나가 봐요! 우리
젖은 글씨를 햇살 나무에 매달아요.

新派로 가는 길 · 1

종점 옆의 아파트에선 안봐도 다 알지요. 이불을 덮고 그 위에다 잠을 덮고 있어도 다 알지요. 첫차가 시동을 거는 소리. 아직 잠이 덜 깬 조수가 내 귓속에서 하품을 아! 하는 소리. 그리고 내 속에서 잠들었던 당신이 외양간 문을 열고 나를 끌고 나오는 모습. 버스 위로 고무 호스 속의 물이 솨아 솨아 쏟아지고 물걸레가 내 귓속을 쓰윽쓰윽 닦는 소리. 다시 물이 유리창을 타고 내리면서 어젯밤 내내 달라붙어 있던 내 눈길을 닦아내는 소리. 그리고 당신이 커다란 솔로 내 가슴을 쏙쏙 쓸어주는 것. 아직도 어둠을 질질 흘리고 있는 버스를 다시 주유소 앞으로 끌고가 덜컹 기름통 문을 여는 소리. 입바이 넣어 하는 소리 안들려도 나는 다 듣지요. 그리고 당신이 나를 끌고 논둑길을 걸어가는 것. 나를 잠시 버드나무에 매어 두고 샘물에서 물 한바가지 떠 벌컥벌컥 마시는 것. 당신의 움직이는 목젖. 그 목젖을 타고 울리는 소리. 당신이 내 숨을 꼴깍꼴깍 넘어오는 소리. 당신 바짓가랑이를 점점이 적시는 물. 돈통을 든 남자가 슬리퍼를 지익직 끌며 버스로 걸어가다 말고 내 귓속으로 침을 칙 뱉는 소리. 그리고 당신이 당신 가슴을 쓸며 눈을 들어 머얼리 마을 앞 행길을 바라보는 것. 아 당신의 눈동자로 미끄러져 들어가는 행길. 다시 그 눈으로 망초꽃밭 한번 쳐다보는 것. 버스가 아무도 서 있지 않은 첫 정류장을 지나 내 귀 밖을 나서는 소리. 버스 꽁무니에서 솟아나는 어둠이 잠시 행길을 가리는 것 나는 다 보지요. 누워서도 다 보지요. 그리고 당신이 다시 나를 끌고 개울을 건너는 것. 웃옷 밑으로 빠져나온 희디흰 런닝셔츠. 나는 누워서 다 보지요. 당신이 지나온 망초꽃 밭의 꽃들이 제각각 진저리를 치며 어둠을 털어내고 애타게 당신을 바라보는 것 나는 다 보지요. 시발점이라 하지 않고 종점이라 하는 종점 옆의 아파트에 누워선 안봐도 다 알지요.

新派로 가는 길 · 2

59번 좌석버스 타고 가고 있는데
내 배꼽으로부터 그대 목소리 탯줄처럼
올라와 갑자기 귀에 레시바를 끼웁니다
나는 갑자기 늙은 胎兒처럼
그대 목소리 胎膜을 쓰고
꼬부라진 주먹을 쪽쪽 빨면서
붕 떠올라 완전히 180도
돌아 달리는 공중에 웅크립니다
배 들어오면 거기 함께…… 버스 안에 갑자기
양수가 차오르고 나는 그대의 배가 되고 싶어
여기 배 들어왔어요 나는 떠지지 않는 눈으로
펴지지 않는 팔다리를 돛처럼 펴려고 안간힘을 쓰는데
이 개새끼야 어딜 끼여들어와!
(기우뚱! 급정거하는 버스!)
털난 주먹이 胎膜을 쑥 뚫고 들어옵니다
갑자기 三流 눈물이 나 내려앉은 좌석 의자
밑으로 줄줄 흘러내립니다 1000만분의 1의 개개 슬픔은
모두 新派입니까 터진 양수처럼 내 안의
바닷물이 한꺼번에 흘러내립니다 그러면 나는 마치
우리 엄마 끝내 못낳은 메마른 아기처럼 胎中 監獄에

아직도 갇힌 그대처럼 텅 빈 모래밭의
늙은 배처럼 59번 버스 차창에 눈물을 댑니다.

新派로 가는 길 · 3

#1 앞에서 세번째 유리창에 코를 박고
　　입술을 대고 비오는 거리를 내다본다.

#2 빨리빨리 흐르던 물살이
　　화면 정지! 멈추고
#3 물길이 양쪽으로 좌악 갈라지자
#4 두 눈에 헤드라이트를 켠 메기들이
　　삼열로 양방향 모두 정지!
#5 그러자 색색 우산 쓴 금붕어들이 건너간다
#6 아가미 밖으로 물방울 방울방울 숨 터져 나오던
　　저 지느러미 붉은 열대어
#7 우체국으로 미끄러져 들어간다

#8 유리창 밖으로 흐르는 눈물을 닦을 수 없는
　　내가, 화면 속에서 통곡하는 그대에게
　　손수건조차 건넬 수 없는 내가

#9　33번 대형 어항이 지나간 다음
#10 물길은 닫히고 물살은 빨라진다
#11 플라스틱 가로수 사이로 비 맞은 머리를 갈퀴처럼

세운
신문팔이 치어가 지나가고
#12 한쪽 발을 질질 끄을며 중풍 든 자라 한 마리
슬로우 비디오로 왼쪽 어깨가 찌그러진다

#13 공중전화 앞에 줄선 키싱들
쉼없이 꼬리치면서 줄어들 줄 모른다
#14 갑자기 높은 물결이 다가와 그 줄을 산산이 흩어버
린다
#15 수위는 점점 높아지지만
손짓 발짓 그대 목소리 들리지 않으므로
난 조금도 무섭지 않다 두렵지 않다

#16 쉼없이 바뀌면서 물 깊어지는 텔레비전 화면에
입술을 댄 내가 거리를 내다본다
물 넘치는 거리를

타클라마칸

해 떠오르면 머리를 감는 여자
허벅지가 없는 그 여자가
머리칼 위로 모래를 한 바가지 퍼 들이붓고는
첨벙 모래 구덩이에 머리를 담그는구나
발도 없는 여자가
모래강 위에서 머리를 절레절레 헹구고 있구나
가슴도 없는 여자가
머리칼도 없는 여자가
아, 몸도 없는 여자가 머리를 감고 있구나
  우리 가지도……오지도……말고……너는 거기……나는
여기
  무너진 나날의 메마른 머리칼이 부풀었다 펴졌다 이리저
리 뒤척인다.
  해 떠오를 때부터 해 질 때까지
  없는 허리를 한 번도 펴지 않고 그 여자가 머리를 감는구나
  모래강의 물살을 뒤적여 빗고 있구나

피 흘리는 집

눈이 내려
집을 찬찬히 감는다
하늘 나라의 붕대가
내려와 상처난 집을 찬찬히
감는다

피고름이 멈추지 않는다
집은 열이 몇 도나 될까
피 흘리는 집이 붕대를 녹인다
붕대 밖으로도 피고름이 흘러 넘친다

상처 속에서 뛰어나온 우리들이
눈 치우개를 들고
이 놈의 더러운 붕대!
피 묻은 붕대를 밀어낸다

(눈 녹은 뒤
상처는 더욱 선명하다)

캄 캄

청소기는 윙 돌아가고
세탁기는 철컥철컥 돌아가고
내 머리채 또한 위잉 베개 속으로 잠수하는데
아이들은 안 들어오고
몸 없는 그림자 뛰어다니는 골목에
아이들은 서성대고 쭈그리고 드러눕고
빨리 들어오너라 별들이 턱턱 떨어지는데
하늘에 뚫어진 구멍인 달 속으로
밤이 휘이익 빨려들어 가는데
얘들아 그만 놀고 들어오너라
내 두 눈알을 누가 자꾸 뒤집어 놓고
몸을 결박하려는 검은 줄들이
방바닥에 터억터억 떨어지는데
아이들은 골목에 서성대고 뛰어다니고 모여서 웅크리고
아이들 중 누군가 성냥을 켰다 끄고
별이 몇 개 아이들 발 밑에 채이고 담이 환해졌다 어두워
지고
아이들 그림자 흩어졌다 다시 모이고
시계 속의 문자들이 주르르 내 머리 위에 쏟아지고
몸을 돌리지도 못하고 가슴 위에 올려진 손이 탱크처럼

심장 위에 놓여지고 손을 치워야지 애들아

　들어오너라 손이 너무 무거워 청소기는 위잉 돌아가고

　죽은 별들이 빨려들어 가고 돌아눕지도 못하는 내가 안돼

안돼

　누군가 골목의 아이들 그림자를 좌악 걷어 가고

붉은 수은 십자가 공장

마지막 남은 햇살이
골목에 몇 벌의 수의를 턱
턱 던지고 사라지면

지상의 거울인 하늘
저녁마다 땅 위에 쏟아졌던
모든 피 거둬 가는 하늘
그 하늘이 피 거둬 가다 말고
문득 뒤돌아서서
교회 지붕마다
아니다 아니다
붉은 가위표를 치고 간다

저마다의 십자가 공장에서 돌아오는 사람들
속에 저녁마다 취해서 돌아오시는 우리들의 아버지
엄마는 요새 열이 많다
저기 봐라 시뻘겋다
마지막 수의 깔고 골목에 드러누우신다

눈동자 속

누군가 내 눈꺼풀 속 한없는 바닷속으로
한 삽 두 삽 모래를 퍼
가라앉힌 다음
눈꺼풀을 닫고 가면

바닷 속에는 물이 산 발치에서 산 봉우리로 흐르네
비늘 돋친 새들이 산 깊이로
깊이로 날으네
깊은 곳이 높아지고
높은 곳이 낮아지네

그 곳에 밤이 오면 내 죽은 할머니들이
우리들 발 밑에 찬찬히 등불을 밝히고 가네
구름은 두 발 아래 맴돌고
사람들은 바닥에 창을 매다네

아버지는 바람 속에 알을 낳고 어머니들은
나뭇가지 사이에서 새끼를 기르네
그 곳의 사람들은 부지런히 산맥을 길러
육지를 세우고 달을 퍼올리네

내 한없는 바닷속 그 깊은 곳에는 참 이상한
거꾸로 된 세상이 늘 깊어 있네

이 성 선

나무는 시인이다 外

• '41년 강원 고성출생
• 고려대 농학과 및 동대학원 국어교육과 졸업
• '70년 《문화비평》을 통해 데뷔
• '90년 제22회 한국시인협회상 수상
• 시집으로 《詩人의 屛風》《하늘門을 두드리며》
《별이 비치는 지붕》《절정의 노래》

나무는 시인이다

나무는 시인이다
가지에 슬픈 사색의
달무리를 걸고 서 있지 않아도
그가 새벽 언덕에
엄숙히 기도하지 않아도
온몸이 붓이 되어
하늘 백지에 시를 쓰지 않아도

나무는 시인이다
벌린 팔이 바람을 꽉 쥐고
주린 입술이 대지에
뿌리 박고 거름을 빨아먹으며
천둥번개 아래 벌거벗어
속 뼈 환히 비치도록
하늘 목소리를 전신으로 듣는다.

모두가 잠든 자정에
하늘로 올라가
별밭이 꽃잎을 흩뿌리고
우주에 귀 대고 음악을 엿듣는다.

나무는 시인이다.
황혼을 지고 명상의 길을 밟고
우리에게 고개 숙여 오고 있다.

떨어진 꽃잎

떨어진 꽃잎이 차가운 땅바닥에 누워
잠을 자네
아무도 쓸지 않은 지 오래

산그림자가 이불을 내려
그의 몸을 덮어주네

비가 비를 때리는 밤에도

새로운 하늘

비 오시는 날 蓮꽃잎 위에
빗방울이 눕고

빗방울 뒤에 빗방울이
꽃잎 위에 꽃잎이
몸을 눕힌다.

하늘이 다시 포개어 눕고
달이 옷을 벗고
따라 눕고

이상한 소리

산이 나의 밤에 찾아와
떨며 밤을 지샌다
창 밖의 산을
바라보고 앉았는데
이슥토록 마주앉아 있는데
하늘의 새가 내 안으로 날아온다
나비 한 마리가 날아온다.
산에 꽃이 피어 있기 때문인가
나의 집에
짐승이 산다
물줄기도 길을 찾아
내게로 온다
밤에 산과 마주앉아서
이상한 소리를 듣게 된다.
내가 한 송이
꽃이 되어 앉아 있는데
내가 산이 되어 앉아 있는데
내 몸에서
이상한 소리가 난다.

먼 바다 달 뜨고

먼 바다 달 뜨고
울음 솟구치는 밤은
님마저 가고
참기 어려운 밤은
어두운 설악산에 들어가
혼자 춤을 춘다
산그림자에 몸을 묻고
흐느낌의 선만 고요히
물소리 밟고 서서
붉은 마음 꽃으로 깨어나
어둠 속에 춤을 춘다
말은 멀리하고
아픈 마음 씻어 고즈넉이
산 이마에 눈물 닿는다.
별 소나기 내려
들어올린 옷소매 끝이 젖는 자정
다시 두 볼에
뜨거이 흐르는 이슬
불빛처럼 외로운 넋을
산에 묻는다

산그림자 솔에 묻는다

산구름 꽃

밤에
마당에 나가보니

울타리 바로 너머
설악산 지붕과 지붕 위에
산구름 꽃이 가득 피었다.

바람은 깨어 있는지
잠들었는지
산의 깊은 부분을 드러낼 듯
꽃잎이 하늘로 몸 풀며 일어난다.

피는 꽃소리는 들리지 않는다.
無音의 山 無明의 山

진흙 누더기 벗어버린
벌레들이
청산 잎사귀에서 일제히 일어나

하얗게 나비 날개 달고 날개 달고

하늘 가득 산 가득 우주 가득
날아간다. 별밭으로

문득 산이 音樂인 밤이다.

茶를 들며 道를 엿본다

꿇어앉지 않고
결가부좌로

문밖 산을 바라본다.

무릎 앞
찬 마룻바닥에 놓인
찻잔 안에

산이 들어가 있다.
늙은 소나무가
거꾸러져 있다.

떠가는 흰구름도
잠시 몸을 적신다.

茶를 들며
슬쩍
道를 엿보는 시간이다.

유 혹

비 그친 후 산이 너무 맑고 깨끗하여
먼 기슭 도토리 떨어지는 소리도 들려라.
그곳 솟은 젖가슴 숨은 치부까지 다 보여
손에 잡힐 듯 가까이 섬뜩하게 두렵다.

차라리 저무는 산의 은은히 젖은 회색빛
그 살도 뼈도 어둠에 하나로 녹아들어
허공에 능선만 고요히 숨죽여 떠오른
슬프게 꿈틀거리며 다가오는 저 유혹!

새 벽 길

이 길로 당신이 가장 먼저 오시기에
이 길은 세상의 길 중에
가장 외로운 길이기에
이 길 위에 당신이 쓰러지고
다시 별이 스러졌기에
당신이 누웠던 체온이 별빛처럼
지금도 따스히 남아 있는 자리이기에
마른풀의 향내가
죽은 시인의 영혼처럼 나를 감싸고
외로운 당신 사랑의 눈길이
밝히는 이슬로 발 아래 떨어져
눈물짓는 길.

풀이 없어지는 이 새벽의 풀밭길에서
당신의 이름을 부릅니다.
새벽이 오지 않는 새벽 들판길에서
당신을 부릅니다
풀벌레로도 다시 오지 않는 이.

고요를 향하여

높은 산에 눈 내리고 내리고
그쳤습니다. 산이 갰습니다.
구름이 산을 떠났습니다.
그후 지상에서 가장 높은 고요
바람도 없는 저 孤絶의 山上을
내가 바라보고 있습니다.
말씀 있을 듯 없는 산상을
내가 바라보고 있습니다.
바라보다가 이대로
오래 바라보다가 이대로 이 자리에
늙어 죽어버리는 것이
지상에서 가장 아름다운 일입니다.

이 수 익

神의 생각 外

- ’42년 경남 함안 출생
- ’63년 《서울신문》 신춘문예 당선
- 《현대시》 동인으로 활동
- ’65년 서울대 영어교육과 졸업
- ’86년 현대문학상, ’87년 대한민국문학상 수상
- 시집으로 《우울한 상송》《야간업자》
  《슬픔의 해》《단순한 기쁨》

神의 생각

더 가야 할
길이 끝없이 펼쳐진 사막 위로
神은, 이따금씩 신기루를 보여주면서
단조로운 모랫빛 절망으로부터 공포로부터
다시
사람들을 일으켜 세우듯이,

얼어붙은 시간 속
어두운 새 한 마리 날지 않는
저 極地, 황량한 무인지대와 얼음바다 위로
神은
전율하는 색채의 오로라를 비쳐주면서
몇 달간의 밤을 잠들 수 없는
얼음과 눈에 갇힌 사람들을 위로한다.

그렇게 온 천지에
神의 생각이
들어 있다.

釜山 갈매기

산에 올라
아득히 눈아래 펼쳐진 서울 시가지를 내려다 보면
때로 그곳은 물구비 일렁이는 釜山 앞바다,
나는 그 위를 유유히 흐르는 한 마리 갈매기 된다.

10년 전까지,
30여 년을 釜山에 살면서도
한번도 나는 갈매기가 되어 본 적이 없었는데
서울바닥에서 이렇게 바다, 갈매기를 꿈꾸는 것은
이곳에서는 그리도 날고 싶은 일이 많아서일까.

아니면, 내 혈관 속에 피톨처럼 떠날 수 없는
釜山 사람 본색이 스미어 있기 때문일까.

머얼리, 높고 낮은 도시의 지붕들을 파도라 여기면서
나는 떠난다, 저 폐를 부풀리는 숨찬 공기 속으로.

시간에 대한 記憶

새벽은 언제나 와야 하고
나는 革命을 떠나야 하는 戰士처럼
이별하는 새벽녘에 이르러, 숙명을 몸부림친다.
무슨 말을 너에게 줄 수 있으며
또한 내가 받을 수 있으리,
캄캄한 절망의 벽에 이마를 찍어
가득히 피 흘리는
이런 무모한 짓 외엔 내가 무엇을?
창 밖엔
搜索隊의 불빛처럼, 나를 찾는 새벽이!

목포의 눈물

유달산은 유정하게
목포 앞 다도해를 굽어보고
나는 그 山 중턱에 서서 불현듯
목포가 고향인 夏林을 생각했다.

섬과 섬이
앞바다에 흩어져
떠날 때처럼 그렇게 돌아오기를 기다리는
사람들 마음과 마음을 이어주는 징검다리라면

夏林은 하루에도 몇 번을
저 눈물처럼 떠 있는 섬들 보았으리,
그 섬들 사이로 떠나가고 돌아오는
기쁘거나 슬픈 뭇사람들 마음을 읽었으리.

어릴 적 내 자주 바라보던
부산 앞바다는 태평양을 향해 가슴을 열고
異國의 낯선 풍물들만 하얀 무역선에
실어 날랐는데,
점점점······ 섬들 뿌린 듯

곡선의 뱃길 굽이 도는 목포 앞바다에는
너무나도 유정해서 슬픈 가락들이
목포의 눈물을 울고, 울었다.

集中

매 한 마리
莊子의 연처럼
하늘에 높이 떠 있다.
움직이지 않는다.

이 不動의 위세에 전율하듯
바람이 불어와도,
매는
더 까딱도 하지 않는다.

그러다가 일순
날쌘 수직강하의 몸짓이 지상을 향해
무서운 集中으로 번쩍
회오리친 다음,
매는 유유히 하늘 處所로 되돌아온다.

화선지엔 선명한
一筆揮之.

여름 영산홍

妓生처럼 이름만 화사하게
영산홍일
뿐,
이 여름 영산홍은 영산홍이 아니다.
시퍼런 잡초 잎새들 무성히 가지를 뒤덮은 채
헐떡이며 염천 불볕더위를 건너가고 있는
이 나무를 영산홍이라 부르는 것은 터무니없다.
아아, 지난 봄날, 그 봄날!
붉은 꽃잎들 일제히 부푼 가슴 활짝 터뜨리며
내게 눈부신 황홀을, 견딜 수 없게 하던
그 날들, 차마 잊지 못하고 있는데.

넋

結跏趺坐로
올곧은 정신을 지키는
꼿꼿한
조선 소나무,
봄 여름 가을 지나
숲에 나무들 잎 지고 시들어
황폐한 죽음의 그림자 늘어뜨린
회색 공간 속으로
냉혹한 찬바람 눈비 쏟아지는 겨울이 오면
북으로 청청한 가슴을 펴
저 山頂 푸른
조선 소나무,
뜻을 굽히느니 차라리 수족이 꺾이자고
혁명 앞에 두 눈을 크게 부릅 뜬
孤節 선비 넋의
조선 소나무.

우주 쓰레기

쓰레기는
우리가 지난 여름 다녀온
그 계곡 으슥한 곳에만 있는 것이 아니다.

쓰레기는
밤낮 지옥연기 피워 올리는
한강변 난지도, 그 流刑의 땅에만 있는 것이 아니다.

뜻밖에도 쓰레기는
우주 안에도
있다.

지상 수만 킬로미터
천연순수한 그 神의 놀이터에
인간은 쓰레기를 갖다 버린다, 버릴 뿐
수거하는 일이라곤 없다.

그래서 오늘도 우주공간에는
눈에 파아란 毒氣의 불을 켠
3백만 개 이상의 인공물체들이

충돌하는 순간의 완전 파멸을 꿈꾸면서
초고속 비행으로 질주하고 있다.

꽃

삼천 궁녀, 落花岩
떨어지다.
이를 받는 백마강의 슬픈 치마폭.

이 하 석

태풍·1 外

- '48년 경북 고령 출생
- '71년 《현대시학》으로 데뷔
- 경북대 사회학과 수학
- 제9회 김수영문학상 수상
- 시집으로 《투명한 속》《김씨의 옆얼굴》《우리 낯선 사람들》

태풍 · 1

1

홍수가 나서 자란 녹색의 숲에서, 왈칵,
튀어나온다. 스스로를 망가뜨리는
고통을 통해 생겨나는 거대한 힘이 기적 같다.
무덤의 뚜껑을 열어제끼고 야외변소의 변기를 뒤집어
한 무더기로 쏟아내버린다.

2

　텔레비전은 태풍 캐틀린이 제주도 남쪽 일백 킬로미터까
지 접근했다는 뉴스를 수시로 내보낸다. 나는 낚시를 취소하
느라 전화통을 붙들고 앉았고, 아내는 자주 창문을 열어 집
에서 멀어 잘 보이지 않는 하늘을 설레이며 찾는다.

3

그 모든 게 아직 나의 집까지 닥치진 않았다.

그대신 산으로 갔던 친구는
더 버티질 못하고 정신없이 하산했다고
전화한다, 원추리꽃이 태풍에 짓이겨진 게
안타까웠다고.

그러나 그건 과도한 걱정이라고
나는 말해준다.
또는 패배를 자인해야 한다고 충고한다.

태풍 · 2

홍수가 도시의 변두리를 깎아내며
공해로 죽은 고기들을 당당히 스스로의 힘만으로
인간이 알 수 없는 곳으로 데려간다.

물은 지하실을 채우고 부엌과 방을 적시면서 차오른다.
타협할 여지가 없다.

무덤의 뚜껑은 열려 시체들이
모든 더럽고 신성한 것들과 더불어
세탁기가 돌아가듯
거대한 물의 소용돌이 속에 함몰해 들어간다.

태풍 · 3

해일이 흰 갈기를 떨치며 솟구치면서
우리 쪽으로 밀려드는 게 자꾸 비친다.
물론 우리는 내륙에 살고 있고
사고는 과장되어 비쳐지는 것일지도 모른다.
그래도 불안하다. 강물은
우리의 변기와 통해 있어서
바닷물이 우리들의 안방으로 역류해올 수도 있기 때문이
다.

그래서 태풍의 선언은 당당하고
우리는 고개 끄덕인다.
텔레비전을 통해 그걸 확인할 뿐이지만
우리 집이 천둥과 번개에 포위된 것만은 확실하다.
딸애는 제 방에 숨어 나오지 않고
아내는 집안의 전기소케트를 모두 내린다.
나는 내다보고 내다보고 내다본다.
스스로의 안이 허술하기 때문이겠지.

정 적

흰 구름 같은 약을 뿌리고
비행기가 하늘에 숨은 다음, 깊은
정적 속으로 벌레들이 떨어져내린다.
몇 대의 화물차들이 고사목들을 실어나른다.

등산에서 하산 사이

어둠의 알에서 깬 벌레들이 또 솟아오른다.
소나무 붉은 줄기가 약 뒤집어쓴 그대 마음 쪽으로
비틀린다.

우 체 부

비가 와서 길이 흐려진다.
몇 번인가 보수된 길은 처음에는 밥과 나물처럼 확실했지
만

큰 비가 길을 없애버려
맑은 날 새길 내느라
민들레와 쑥의 길이 또 덮인다

젊은 길은 도대체 민들레를 비켜갈 줄 모른다고
나물 뜯으러 시외버스를 탄 할머니는 중얼거린다
옛주소를 물어 찾아가는 우체부처럼
진창을 더듬거리며

언덕

비에 사태가 잦아 언덕은 자꾸 깎인다

집은 아래로 기울어져
햇빛의 반을 잃어버렸다
(그늘의 반은 아랫동네로 쏠려 내려가버렸다)

무성한 가지의 힘을 간신히 지탱하며
나무의 흐린 그림자가 기어드는 그늘 아래
아랫동네서 쫓겨온 사내들이 또 숨어든다

도둑

푸른 별을 가로지르며
불쑥, 검은 손이 나타난다
뒤로 멈칫 물러서는데
사방에 등 돌리는 기척이 있고
뒤에는 푸른 벽 같은 사람의 그늘이 서 있다
앞으로는 누가 달리고 있다
죽음을 좇는 듯
또는 죽음에 쫓기는 듯하다
              그리하여
        한 주검이
            버려진
쓰레기더미를 새벽에 누가 뒤져 뭔가 쓸 만한 걸 또 버렸
다며
죽음의 속주머니를 훔쳐간다

폭우와 천둥

여름이 타는 꺼먼 산에 폭우가 쏟아진다

짐승은 달아나고
도시사람은 실족 사고

악악아악어우어우우울
계곡 아래 온몸이 부딪혀 솟구치는
생의 천둥소리

현 홍 들

갈대 마른 잎들이 서로 낮게 부딪치고
그 속으로 밤을 닦는 비.
그 축축한 땅,
그 열리지 않는 문.

갈대는 언덕을 떼지어 올라
바람을 더 불러모으고
어둔 들 멀리 폭풍처럼 나앉은 마을의 불빛들.

대한(大寒) 사흘 뒤쯤
빗속에는 눈과 뇌성이 머금어져 있다.

열리지 않는 땅,
사람들을 내보낸 들판을 가로지른
시멘트 포장길이 상한 채
갈대 뿌리 아래 지워져 있다.

금 호 강

　내 일기장을 불쏘시개 삼아 그 속에 끼인 비밀마저 태운
다.
　고모와 경산은 먼 불빛만으로
사람 사는 곳의 긴 꿈을 강물 위에 새기고
강은 흰 얼굴에 실눈을 뜨고
한 사람이 태우는 짧은 밤을 지켜본다.

　모닥불은 이내 사그라지고
그 자리가 더 어둡다.
내 삶에 무슨 비밀이 있을까마는
이 땅에서 산다는 게 비밀이고 그 때문에
나는 자주 내 여윈 그림자를 감추었다.
이제 내겐 혼자서 해치워야 할 비밀이 없다.
ー그래서 더 모호해졌다ー

　강을 등지고 선 채 잿더미에 남은 온기를 헤적일 때
내 뒤로 무언가가 속을 감추고
깊이 흐르는 게 느껴진다.

최 승 자

下岸發·1 外

• '52년 충남 연기 출생
• 고려대 독문학과 수학
• '79년 《문학과 지성》 가을호에
〈이 시대의 사랑〉 외 4편을 발표, 문단 데뷔
• 시집으로 《이 시대의 사랑》 《즐거운 일기》 《기억의 집》

下岸發·1

詩로써 깃발을 올릴 수 있는 자는
행복하다.
그러나 내가 詩로써
무슨 깃발을 올릴 수 있으랴.
나의 삶 자체가
시종 펄럭거리는
찢어진 깃발인 것을.

   ──오, 바람에 끊임없이
      창문들이 휘날리는군.
      네 머리를 잘 걸어 둬.
      날아갈라. 날아가, 그나마
      하수구에 처박힐라.

下岸發 · 2

하지만 이젠 정말 모르겠어.
honey인지 money인지,
root인지 roof인지.

하지만 이젠 정말 모르겠어.
슬픔인지 스프인지.
실체가 없어졌어.
혓바닥의 감각이 없어졌어.

(이 고통의 개밥 그릇을
내 앞에서 치워 다오.
나는 개가 아니다.)

下岸發 · 3

나는 개종하고 싶다.

커다란 수족관 안에서
내가 살고 있다.
전기 장치로 공급되는
산소와 미네랄과 또 무엇과 무엇과
정부와 국가와 민족과 글로발이… 있고
그 안에 또 어떤 물고기들이
벌이는 걸프전이 있고…
이 하염없는, 미지근한 수족관에서
나를 바다로 이주시켜 다오.

나는 개종하고 싶다.

下岸發 · 4

그는 안에서 열고
밖에서 잠근다.
혹은 밖에서 열고
안에서 잠근다.

그는 밖으로 나가며 안을 잠그고
안으로 들어가며 밖을 잠근다.

그에겐 안이 온 세상,
밖이란 온 세상 안에 널린 모래알들 중의 하나,

그는 더 안으로 들어가며 또 밖을 잠근다.
그는 더 더 안으로 들어가며 또 또 밖을 잠근다.

下岸發 · 5

죽은 사람의 손톱 발톱 머리칼이
무덤 속에서 조금은 더 자라듯,
아직 완전히 죽지는 않았다.
누워 있는 흐린 구름장들을 바라보면서
키 작은 여자는 낮은 창 곁에서
하루하루를 살해한다.

현세는 너무 비좁은 감옥이라고,
꿈꿀 수 있는 가장 큰 지도를 그리겠다고,
흐린 구름들이 엎어질 듯
코를 박고 있는 낮은 창 곁에서
키 작은 여자는 하루하루를 삭제시킨다.

오직 한 개씩의 커다란 눈망울만을 달고 흔들리는
해바라기들, 해바라기 들판의 무한을 꿈꾸면서.

다리 밑

사랑은 취하면 어디로 가나.
증오는 취하면 어디로 가나.
다리 밑, 다리 밑, 오 다리 밑

죽은 엄마 같은
늙은 여자 다리 밑.

만생만물이 다리 밑에서 태어났거늘,
허리상학의 슬픔이 허리하학의 슬픔으로 옮겨가는
이 길이 왜 이리도 먼가,
죽음이여 너는 급행열차를 타고 올 수는 없는가.
네가 와야 할 길을 이미 내가 반 이상 갔는데,
멀구나, 멀어서
한참 가깝구나.
내 쪽에서 더 많이 가야 한다면
오냐, 자동차를 구입하마, 비행기 표를 예매하마

인생에 중독되면 어디로 가야 하나,
내세에 한쪽 귀가 기울어지기 시작하면 어디로 가야 하나,
다리 밑, 다리 밑, 오 다리 밑

죽은 엄마 같은
늙은 여자 다리 밑.

내 수의를

내 수의를 한 올 한 올 짜고 있는
깊은 밤의 빗소리.

내가 이승에서 어질러 놓은 자리,
파란만장한 자리,
없었을 듯, 없었을 듯, 덮어 주고 있구나

점점 더 드넓어지는
이 일대의 물바다.
그 위에 이제 새로이 구중궁궐
깊은 잠의 이불을 펴리라.

귀여운 아버지

눈이 안 보여 신문을 볼 땐 안경을 쓰는
늙은 아버지가 이렇게 귀여울 수가.
박씨보다 무섭고,
전씨보다 지긋지긋하던 아버지가
저렇게 움트는 새싹처럼 보일 수가.

내 장단에 맞춰
아장아장 춤을 추는,
귀여운 아버지,

오, 가여운 내 자식.

너 에 게

네가 왔으면 좋겠다.
나는 치명적이다.
네게 더 이상 팔 게 없다.
내 목숨밖에는.

목숨밖에 팔 게 없는 세상,
황량한 쇼윈도 같은 나의 창 너머로
비 오고, 바람 불고, 눈 내리고,
나는 치명적이다.

네게, 또 세상에게,
더 이상 팔 게 없다.
내 영혼의 집 쇼윈도는
텅 텅 비어 있다.
텅 텅 비어,
박제된 내 모가지 하나만
죽은 왕의 초상처럼 걸려 있다.

네가 왔으면 좋겠다.
나는 치명적이라고 한다.

가 을

세월만 가라, 가라, 그랬죠.
그런데 세월이 내게로 왔습디다.
내 문간에 낙엽 한 잎 떨어뜨립디다.

가을입니다.

그리고 일진광풍처럼 몰아칩니다.
오래 사모했던 그대 이름
오늘 내 문간에 기어이 휘몰아칩니다.

오 세 영

龜龍寺詩篇 本詞 吟秋 外

- '42년 전남 영광 출생
- 서울대 국문과 및 동대학원 졸업
- '68년《현대문학》추천 데뷔
- '83년 시협상 수상
- '84년 녹원문학상 평론 부문 수상
- 제1회 소월시문학상 수상
- 시집으로《반란하는 빛》《가장 어두운 날 저녁에》
《불타는 물》《사랑의 저쪽》

龜龍寺詩篇 本詞 吟秋

지난 봄 새순 말려 띄운
雀舌을
늦가을 해어름에 비로소 뜯네
기다려도 올 이 없는 산중 삶인데
고이고이 간직해온 심사는 뭘까,
뒤뜰엔 산수유 열매가 붉어
매뀡 몇 마리 부리 쪼는데
찌르레기 샘물 찍어 하늘 바래듯
늦가을 홀로 앉아 차를 마시네
기다려도 올 이 없는 외진 山房에
가을산과 대좌하여 드는 雀舌은
지난 봄 이슬에 젖은 찻잎이
오늘은 서릿발에
향기도 차네.

龜龍寺詩篇 別詞前

저녁에
팔을 베고 누워
흐르는 계곡물 소리에 귀기울이면
거기 카츄샤의 슬픈
사랑 이야기가 들린다.
꽃잎으로 꽃잎으로 흐르다가
드디어 물이 된 사람,

자정에
목침을 베고 누워
솔잎 스치는 바람 소리에 귀기울이면
어린 月明이
누이와 이별하는 소리가 들린다.
갈잎으로 갈잎으로 날리다가 어느덧
바람이 된 사람,

아제 아제 바라아제
바라 승아제
모지사바하,
이 무슨 부질없는 독경소린가.

이 무슨 부질없는 목탁소린가.

새벽에
무릎을 곧추세우고 앉아
댓잎 이슬이 맺는 소리에 귀기울이면
출가하는 싯달다의
뺨에서 떨어지는 눈물방울 소리가 들린다.
안개로 안개로 흐르다가
이제 하늘이 된 그 사람.

龜龍寺詩篇 簡詞

맑은 날,
네 편지를 들면
아프도록 눈이 부시고
흐린 날,
네 편지를 들면
서럽도록 눈이 어둡다.
아무래도 보이질 않는구나.
네가 보낸 편지의 마지막
한 줄,
무슨 말을 썼을까,

오늘은
햇빛이 푸르른 날,
라일락 그늘에 앉아
네 편지를 읽는다.
흐린 시야엔 바람이 불고
꽃잎은 분분히 흩날리는데
무슨 말을 썼을까,
날리는 꽃잎에 가려
끝내

읽지 못한 마지막 그
한 줄.

龜龍寺詩篇 待詞

어이할꺼나,
찌푸린 하늘에선 싸락눈만 내리고
어이할꺼나,
마른 나뭇가지에서 가마귀만 울고
어이할꺼나,
빈 들엔 스산히 바람만 불고

언뜻 걷힌 산자락 사이로 너를 본 날.

한나절은 산문에 기대어
싸락눈을 맞고,
한나절은 바람벽에 기대어
먼 산만을 바래고,
한나절은 활활 타오르는 火酒로
울음을 태우던
날.

風詞

바람 소리였던가,
돌아보면
길섶의 동자꽃 하나
물소리였던가,
돌아보면
여울가 조약돌 하나
들리는 건 분명 네 목소린데
돌아보면 너는 어디에도 없고
아무데도 없는 네가 또 아무데나 있는
가을 산 해질녘은
울고 싶어라.
내 귀에 짚이는 건 네 목소린데
돌아보면 세상은
갈바람 소리
갈바람 흩날리는
나뭇잎 소리.

송 수 권

이 뜻 있을 수 없는 돌멩이 하나 外

- '40년 전남 고흥 출생
- 서라벌예대 문창과 졸업
- '75년 《문학사상》으로 데뷔
- '75년 〈동학〉으로 문화공보부 장관상 수상
- 제2회 소월시문학상 수상
- 시집으로 《山門에 기대어》《꿈꾸는 섬》《아도(啞陶)》
  《우리나라 풀이름 외기》

이 뜻 있을 수 없는 돌멩이 하나

저 강언덕 단풍이 물든 산동네
손 내밀면 잡힐 듯한
우리 동포 흰 옷깃 설레는
저기가 함경북도 온성군 남양시라는데
나는 서울에서 판문점을 넘어 당당하게
내 집 안마당으로 들지 못하고
멀리 베이징 하늘을 돌아와
남의 집 뒷마당 뒷담을 타고 넘어
오늘 눈물겹게 디뎌보는 두만강 다리,
강물은 반백년 그 세월 무심히 흐르는데
어디서 말발굽 소리 다시 들리는 듯싶어
다리밑 강언덕에 서서 돌팔매를 날려 보누나
아 이 강가의 뜻 있을 수 없는 돌멩이 하나
돌이여 원한에 사무친 돌이여
물매암을 그리며 날아가는 두만강 돌이여
네 가슴에도 피가 스몄거든
피가 살아 숨쉬는 뜨거운 하늘 있거든
저 불타는 단풍보다 진한 울음을 울어다오
아니 부리 고운 두만강 물새되어
지금 남녘의 한 시인이

이국의 땅을 밟아 베이징의 하늘 밑을
울면서 돌아간다고 일러다오.

萬里長城에서

뜻모를 그리움 내 가슴 적시네
사람들 발길과 발길에 밀려
그 중의 발등 하나 무심히 밟았을 때
흰 목덜미 들어 쳐다보는 북한 여자
봄버들 같은 손 맞잡고 흔들었네
아리랑 까치저고리 둥근 어깨
내레, 피양 갸무단에서 왔수다레
파르르 떨리는 속눈썹,

열아홉, 이름은 강명숙
인민공훈 3급 배우
그녀 가슴패기에 반짝이는 견실문장
주단 카피트에 끌리듯 너풀거리는 속치마
가을 바람도 차거운 萬里長城
그녀 볼우물에 패이는 눈웃음……
아 이 애타는 그리움 뉘에게 주랴.

運山 산맥을 넘으며

첩첩산중을 날아넘는 쌍발 여객기
천만년 노쇠한 팔다리같이 가슴패기같이
힘없이 주저앉은 산맥들

구름 한 점 없이 맑게 갠 하늘
까뭇까뭇한 점들이 필시
남으로 가는 기러기놈일라
끼룩끼룩 너희만 울고 간다더냐
이 마음도 울고 간다

오래 된 공룡들의 뼈같이 불쑥불쑥 일어서는
연산산맥들
피부 색깔이 검지 않은
흉노족들의 말울음 소리

어제는 천안문의 대들보에 새겨진
滿蒙의 금박 문자들
잔기침만 놓아도 대들보가 흔들거렸던
지난 날의 서슬 푸른
한반도야

고래등같이 큰 파도 한번 일으킬 때
너는 등 굽은 새우처럼 이 수염 밑에 붙어
다시 한 번 아양, 아양 떨래.

별밤지기 · 1

의대 부속병원 옥상에 올라와
밤하늘 별을 세고 있다
천상에는 많은 별들이
지상에는 많은 불빛들이
사람들은 그 불빛과 별빛을 하나씩
까먹고 산다.
별 하나 질 때
지상에는 착한 사람 혼불 하나 나고
혼불 나지 않은 사람 죽어서도
악령된다
여자의 혼불은 자루달린 긴 다리미 같고
남자의 혼불은 사발 같다
886호 B동 마지막 고통 속에 잠든
아버님 침대 밑에서도 곱디고운
혼불 하나 나는 것이 보이고
천상에는 별 하나 슬픔도 없이 슬픔도 없이
하늘 한복판을 스치는 것이 보인다.

별밤지기 · 2

이게 얼마만이냐
다리와 다리가 만나는 슬픈 家族史의 밤
암으로 죽어가면서 암인 줄도 모르면서
마른 복국이 먹고 싶다는 아버지 부름 따라
옛집에 오니 밤개는 컹컹 짖어
약속이나 한 듯이 또 흰 눈은 퍼부어
우리 부자 복국 끓여 먹고
통시길에 나와 보니
옛날의 국자 같은 북두칠성이 또렷했다
구주 탄광, 아오모리 형무소, 휴전선이 떠오르고
도란도란 밤 깊어 무심히 아버지 다리에
내 다리 얹었다
70년 황야를 걸어온 다리
어금니 악물고 등돌려 흐느꼈다.

김 승 희

뱀파이어 外

- '52년 전남 광주 출생
- 서강대 영문과와 동대학원 국문과 졸업
- '73년 《경향신문》 신춘문예로 당선 데뷔
- '91년 제5회 소월시문학상 수상
- 시집으로 《왼손을 위한 협주곡》《태양미사》
  《미완성을 위한 연가》《달걀 속의 生》

뱀파이어

내가 이해하는 유일한 정치적 행동은
정신착란이다
—페터 한트케

살기 위하여 나는 자꾸 위조지폐를 만들어내야 하는
위조지폐범의 욕망을 닮았네.
세상은 그런 대로 잘되어 있다고
생각하는 사람은
결코 위조지폐공장을 차리지 않겠지,
살 수 없는 돈 팔리지 않는 돈
속일 수 없는 돈
바꿀 수 없는 돈을
골방 속에 앉아 그리고 또 그리고.
다만 꿈에 징집된 나 같은 사람들만
그런 곳에서 농성 자살하듯이 서서히
살아가고 있겠지.

아, 난, 뭐, 그렇다고 아나키스트는 아니야,
나만이 옳다고 믿는 세상
나만이 행복하다고 주장하는 세상
자기가 관리되는지도 모르고

자기를 관리하는 괴물 전략들을 꿀꿀 숭상하며
골드핑거 골드핑거(뱀파이어 뱀파이어)
꿈에도 흠모하는 저 멍청한 중산층이라는
외설적 백치성이 난 정말 두려울 뿐이야.
잃어버린 세대가 될까
방황하는 세대가 될까
앵그리 영맨이 되기에는 나이가 좀
들었으니

그래도 광기로 체포되는 것보다는
남몰래 위조지폐를 만들고 있는 것이 낫겠지.
시대는 병들고 나 또한 정상은 아니지만
고운 위조지폐에 갈매기 날개나 바다의 배 그림을
그리고 있노라면
노예의 이름을 버리고
갈매기의 항로를 따라 길 떠나는
꿈의 무전여행 같은 퍼득거림을 느껴,

이리와 내 사원 가까이로
욕망의 무릎을 꺾고 와

내 조용히 숨어서 가장 아름답게
피 홀리는 법을 가르쳐줄께
흰 구름을 나누어 배불리 먹이는
선몽의 난폭한 사랑을 가르쳐줄께

슬픈 순두부

요즈음 어째서 신이 잘 모아지지가 않는다.
목구멍에서부터 속가슴 좌심방 우심방까지
톱밥처럼 서걱서걱한 것이
꽉 밀려 헝겊인형 같은 몸이 버석버석하다.
나는 두부가 되려 하는 것일까?

아니 오히려 콩비지 같은 것, 순두부 같은 것,
그런 흐물흐물한, 부들부들한 것들이
제 한 몸을 가누지도 못하고
마구 나에게 흘러와 부어진다.
순두부나 콩비지를 먹다보면
그 안에 눈동자 같은 것,
푸른 눈썹 같은 것이 떠있다.

뼈조차 녹아버린 90년대의 넋나간 인간들이
거품으로 되어가는 도중에
이렇게 미리 팔려 오게 된 것일까?
두부로 응고되기도 전에
미리 뼈를 추리고 넋을 뽑아
순명의, 음울한, 반죽으로 으깨져 버리게 된 것일까?

순두부를 뜰 때마다
난, 채석장의 돌 위에 고요히 머리를 숙이고
입가에 한 줄기 피를 흘리고 죽어간
카프카의 K를 생각하네.
알 수 없는 의문사,
영문 모르고 죽어간 K를
순두부 먹듯 떠먹으며
억울한 심판에 굴종되듯 길들여진
우리를 떠먹으며
하루를 사네 90년대를 사네

종이나비

진실한 것은 다만 단 하나 절망의 문장뿐이라는 것을 알면서도 너무 유폐되는 것이 두려워 고대신화 같은 희망의 주술을 하나 만들어보았네. 종이나비 천 마리를 접으면 너는 해방된다고. 절망에 구멍을 뚫는 데 드디어 성공해가려는 셈인가? 나는? 그 주문에 희망의 갈고리를 걸었으니까. 종이나비를 접는 동안 일인칭 대명사의 암굴을 빠져나갈 수 있을지 없을지 그 통로의 밖에 사랑의 흰 날개 천사가 구름같이 꼬옥 나를 안아주려고 대기하고 있는지 어떤지, 실은 그런 건 별로 중요한 게 아니다. 저 미치도록 아름다운, 운명에 의해 관통당한, 흉칙한 장마 같은 까미유 끌로델 그녀가 두려워서 그녀의 부르짖음이 자꾸 나를 잡아당기는 게 두려워서 공허의 측량법으로서 그래서 그래서 그래서

차표 좀 보여주세요

길을 가는데
문득 그런 목소리가 들려오네,
차표 좀 보여주세요……
가던 길을 멈추고
나는 문득 좌우사방을 돌아보네,
행인은 아무도 없고
행인이라고는 나밖에 없네.
차표 좀 보여달라뇨?
나는 하늘을 그리고 땅을 바라보네

하늘엔 둥둥 흰 구름이 떠가고 있어,
전신주 사이사이로는
제비떼와 비둘기 참새떼들이
금촉이 달린 날개를 뽐내며
내 집인 양 날고 있고
목방울을 짤랑짤랑 흔들며
복실복실 달려가는 흰 강아지,
보도블럭 틈새 소롯길을 따라
열심히 기어가는 검은 개미떼들,
너희들은 아무도 차표에 유의하지 않는구나,

아무도 유의하지 않는 그 질문에
홀로 유의하는 그 사람이여.
그는 분명 불분명한 죄가
무척 많은 사람이었으리,
항상 신원조회가 두려웠던
이 우주의 무임승차자인지도 모르리,

차표 좀 보여주세요,
흰 구름은 둥둥 가는데
차표 좀 보여주세요, (전신주를 부둥켜안고 쓰러져 우는
남자A)
어허, 비괘(否卦)로다, 하늘과 땅이 서로
사귀지 못하였으니 비괘가 아니고
무엇이리? 무엇이리? (땅바닥에 코를 박고 토막토막 하
늘에 떠 있는 여자B)
해일 같은 두통 위에
허어연 학질 같은 치통이
온다온다나를통째로발라먹으려고쳐들어온다
굳이 차표를 보여달라면
나는 이것 이외엔 보여줄 것이 없다.

그래서, 그래서, 그래서,
삶은 참호요 살기는 도망

표구된 사람의 중얼거림

난, 표구된 액자를 보면
마구 액자틀을 부숴버리고 싶어,
난, 표구된 사진을 보면
사진틀을 펄럭펄럭펄럭펄럭 막 풀어놓고 싶어,

사진을 사진틀 속에
그림을 액자틀 안에 가두기를
좋아하는 사람들아,
우거지 같은 시간이 우울하지 않나
우거지 같은 담이 너무 교교하지 않나

흰 붕대를 눈에 맨
흑염소 두 마리가
연자매 말뚝에 매어달려
빙빙빙빙 잠 밖으로 한치도 못나가는
이것을
망명이라고 부르면 안되나
망명된 액막이의 새장 속이라고 부르면
그대의 행복에 너무 큰 모독이 되나
(그런 일인칭 대명사 속의 맨홀 · 공동묘지에 주의할

것!)

　나는 이 세상의 모든 표구된 것들이 싫어.

관념과 논리의 다채로운 정채

구 상

예심에서 넘겨진 7명의 작품들은 그 모두가 형상화나 조율에 있어선 자기 나름의 틀을 갖추었다고 하겠다. 그런데 그 시의 주제나 제재에 있어선 실존적 자의식의 과잉이나 사변적 사설이 과다하다. 즉, 시심(詩想, 詩情, 詩興) 자체의 승화나 정련이 덜된 상태에서 씌어진 느낌이다.

그래서 내가 그 시적 감동이 순화된 시편이라는 관점에서 처음 복수 추천 때 내놓은 것이 이수익(李秀翼)과 조정권(趙鼎權) 두 시인이었다.

내가 고른 이수익 님의 시편은 〈집중〉(集中)〈여름 영산홍〉〈넋〉〈우주 쓰레기〉〈꽃〉등 5편으로 제재도 선명하고 사물에 대한 통찰과 인식이 예민하고 세밀할 뿐 아니라 그

감성도 통념에서 벗어나 신선하였다.

다음 조정권 님의 연작 〈산정묘지〉(山頂墓地)는 내가 해마다 천거해 온 작품인데 특히나 이번 작품은 기왕 것에 비해 그 인식의 관념이나 논리가 윤기있고, 감성과 심상(이미지)의 다채로운 옷이 입혀져서 더욱 정채(精彩)를 발한다고 하겠다. 그래서 그 생동감이 넘치는 정진(精進)이 심사위원 모두에게 감득되었는지 복수 추천에 있어 딴 시인에 대해서는 의견이 엇갈렸으나 그만은 전원의 천거가 있어 이렇듯 이번 제6회 소월시문학상의 수상자로 선정되었다. ▧

시인의 자기 준엄성

김 남 조

　올해도 시인들 중엔 유창한 언어구사를 이어온 이들이 적지 않다. 시인과 말, 혹은 어법과의 관계가 이 정도로 순탄했던 사실이 시의 경사일는지 아닐는지를 잘 모르겠기에 나는 곤혹스럽다.

　소월시문학상 후보작품의 묶음들을 읽으면서도 거침없이 말하는 젊은 시인들의 어세(語勢)에서 어떤 '분연한 요설'을 느꼈으며 이 점이 나를 착잡하게 만들었다. 할 말이 줄어드는 시인은 그 다음 어떤 땅에 서게 되며 할 말이 불어나기 일방인 시인들은 진실로 무엇을 남길 수 있을지를, 처음부터 되짚어 생각하고 번뇌해야 할 것 같다.

　소월시문학상 여섯 번째인 이번 심사에서도 장시간의 진

지한 논의 끝에 수상자를 결정했는데, 그는 연이어 수상권 내에 나와 섰던 조정권 씨다. 그도 이른바 거침없는 말쟁이의 한 사람으로 볼 수 있으나 그의 언어에는 분명 탁월한 어떤 점이 있으며 응축의 계율을 섬기는 시인임도 수긍하게 한다. 그의 시에는 순도있는 소금 같은 정백한 광채가 곳곳에 발라져 있고 때로 지혜로운 눈짓의 경이감도 일으켜 준다. 또한 이 시인은 시의 수련시절을 스스로에게 부과한 지 상당기간에 이르렀으되 그 긴장을 늦추지 않는 자기 준엄성이 특히 귀한 점이라고 나는 보았기에 이번 결정이 만족스럽다.

그 밖의 시인들도 그들 각자의 수준에서 손색없는 작품들

을 보여주었으나 앞서 말한 바와 같이 언어의 구사에 있어
서 당혹스런 면이 발견되기도 했다. 능한 자를 기다리는 함정
에의 공포를 가슴 속에서 항상 추스리며 전진하기를 감히 권
고한다. 시의 붓을 잡고 사는 시인들 모두는 서로를 깨우쳐
주며 함께 한국의 시에 대한 책임을 통감해야 한다는 데서
이렇게 말하게 된다.

　수상자와 후보시인 전원의 대성을 축원한다. ▧

한국적 관습의 좋은 면을 계승

김 용 직

어느 의미에서 시를 쓰는 일은 낯선 땅을 도피하는 여행자의 경우에 비견될 수 있을 것이다. 그에게 가장 절실한 체험은 대개가 그 혼자만의 몫이다. 그러나 그는 여행의 마지막 자리에서 그것을 공적인 것으로 확충시켜야 한다. 그런데 많은 사람들에게는 비슷한 체험이 있고 그 이전에 이미 그 비슷한 말들은 들은 터이다. 그리하여 시인은 훌륭한 여행자처럼 그의 체험을 반드시 신선한 말씨, 아름다운 가락에 실어 듣는 이로 하여금 매료시켜야 한다.

이번의 소월시문학상에서 나는 조정권과 이하석의 작품들에 주목했다. 이하석의 것은 견고하게 느껴지는 말들로 예각적인 심상을 제시한 점이 볼 만하다고 생각했다. 본디 시는 독특한 형태의 세계인식이라 할 수 있다.

그리고 그 눈길은 맵짜고 날카로워야 한다. 그런데 이하석의 시어는 그런 시의 원형질 같은 것이 나타나는 것이다.

또한 조정권은 서정시 제작의 정통적인 기법을 구사하는 시인이다. 그는 일단 대상을 정서의 풀무에 투입한다. 그리하여 일상적인 소재나 형이상학적인 제재들을 감성으로 감싸내는 것이다. 뿐만 아니라 그의 발상은 한국적인 관습의 좋은 면을 계승한 듯 보인다. 특히 이 얼마간 그가 연작으로 발표한 〈산정묘지〉에는 그런 단면이 넉넉하게 검출된다. 결국 서정시의 공리란 상상력에서 새로운 풍경을 펼쳐 보이는 일과 함께 전통 관습의 줄기도 든든하게 살리는 일일 것이다. 그런 점에서 이 시인의 시는 매우 든든한 기반 위에 구축된 경우다. 이번 수상을 축하하면서 계속되는 정진을 빌 뿐이다. ▨

상징주의의 한 전범

황 동 규

위악(僞惡)적인 우상 파괴로 시선을 모았던 최승자의 시 세계가 이제 위악적인 자세만이 돋보이는 시기에 들어선 것 인가?

김혜순의 시도 전과 달리 섬세함이 뒤로 물러서고 뻣뻣함 이 겉에 드러나 있다.

너무 기대를 가졌기 때문일까? 그러나 기대를 버리고 싶지는 않다. 이들은 아직 한창때가 아닌가!

이수익의 시는 아름다운 면도 갖고 있으나 체험에서 걸 러진 시가 아니라는 흔적도 도처에 보인다. 좀더 구체적 이기를 바란다.

이하석의 시에는 힘이 있지만 이번에 본 작품들에는 너

무 설명을 하려는 기미가 엿보인다. 그런가 하면 표피적인
표현주의를 따르는 작품도 눈에 띈다. 이번 작품들 가운데
소품이지만 〈우체부〉가 왜 감동적인가를 생각해 보아야 할
것이다.

　이성선의 작품은 이즈음처럼 험한 마음을 주로 보여주는
세상에 시인의 따뜻한 마음씨를 보여주는 것은 좋지만 너무
평범하다는 흠을 갖고 있다.

　김명인의 작품에는 품격이 있고 이번 작품도 예외는 아니
다. 철새들의 날음 속에서 그들이 떠메고 가는 집을 발견하
는 〈눈 속의 빈 집〉의 안목도 놀랍다. 〈칼새의 방〉을 보면
그가 얼마나 집없는 슬픔을 견뎠느냐가 드러난다. 그런데 이

번 그의 시 묶음을 읽으며 나는 좀 단조롭다고 느꼈다. 끝맺음들이 특히 그랬다. 그러나 나는 이번 상이 김명인에게 갔어도 괜찮다고 생각한다.

조정권의 〈산정묘지〉 연작시는 오랜 인고의 결과로 보이며, 오랜 인고가 문학 작품에 주는 힘을 유감없이 발휘하고 있다. 그는 넓게 말해서 우리 시에서 보기 드문 진짜 상징주의 시를 이룩했다고 생각된다. 음악과 이미지를 통해 인간의 영혼의 상태를 보여주는 데 성공하고 있기 때문이다. 그것은 인간의 극단적인 정열을 전제로 하는 것이다. 진심으로 축하한다. ▨

우리 서정시의 폭과 깊이

권 영 민

　제6회 소월시문학상의 후보작으로 추천된 작품들 가운데에서 우선적으로 주목하게 된 것은 조정권의 〈산정묘지〉 연작과 김명인의 〈물 속의 빈 집〉 외의 작품들이다.

　조정권의 〈산정묘지〉는 서정시가 도달할 수 있는 궁극적인 경지에까지 나아간 느낌이다. 연작의 기법을 통해 용이하게 처리하고 있는 주제의 변주와 리듬의 파격도 충격적이다. 무엇보다도 시적 대상에 대한 인식의 폭이 넓어지고 포괄의 힘이 넘쳐흐르는 점이 눈에 띈다. 이른바 통합적 상상력이라고 해도 좋을 서정시의 새로운 가능성을 확보하고 있는 점이 이채롭다.

　김명인의 〈물 속의 빈 집〉을 비롯한 최근작들은 절제된 감정과 균제된 언어를 통한 조화의 미를 추구한다. 시적 아이러니를 능숙하게 구사하던 초기시의 경향으로부터 초월적인 것으로 관심이 전환되고 있는 것처럼 보인다.

이성선의 서정적 어조와 김혜순의 언어적 기지는 우리 시의 다양성을 확인할 수 있는 좋은 예가 된다. 그러나 이성선의 경우는 오히려 정서적 단조로움이 부담이 되었고, 김혜순의 경우는 일상의 논리를 벗어나고 있는 시적 언어의 불균형이 눈에 거슬리는 경우도 없지 않다.

이하석의 〈태풍〉도 내면적 충동을 잘 소화해낸 작품으로 인정되지만, 소멸의 미학과 생성의 원리를 함께 포괄하는 힘이 부족하다는 느낌이다.

최종심사의 토론 과정에서 조정권과 김명인을 추천한 것
은 조정권의 변화와 김명인의 균형을 모두 긍정하고 싶었기
때문이다. 심사위원 전원이 조정권의 추천에 동의했기 때문
에, 제6회 소월시문학상의 영예를 〈산정묘지〉가 차지했다.
조정권 시인과 연작시 〈산정묘지〉가 우리 서정시의 폭과 깊
이에 모두 새로운 충격으로 등장하고 있다는 점을 지목하고
싶다.

세번째 길

조 정 권

    제가 문학의 숲길로 혼자 찾아가 길을 잃었을 때, 길을 잃
지 않도록 목측(目測)을 틔워준 분들 가운데 영국시인이 있
는데 그분께서 말하기를, 시인은 중년에 가까워지면 세 가지
길 중에서 하나를 선택하게 된다고 말했습니다.

    첫번째는 쓰는 것을 완전히 그만두는 길이고, 두번째는
시작(詩作)에 점차 노련미를 가하여 같은 내용을 반복해서
쓰는 길이고, 세번째는 더욱 근면·집중하여 자신의 중년에
순응시켜 새로운 창작의 방법을 발견하는 길입니다. 세번
째 길은 소수의 시인들에게서 선택되는 길이지만, 중년
기에 접어든 시인이 발전을 보인다는 사실, 그가 말하고자
하는 새로운 것을 발견한다는 사실은 언제나 하나의 기적과

같은 그 무엇을 가지고 있는 것이라고 그분은 말했습니다. 방황하는 젊은 영혼은 때때로 절망 속에서 소낙비 같은 용기를 받는 법입니다.

용기에는 그에 수반되는 강한 영혼이 필요합니다.

저는 40대 초반으로 접어드는 고갯길에서 거의 지난 5년 동안을 중세 종교 음악만을 듣고 지냈습니다. 〈산정묘지〉 연작시들은 이 시절의 저의 방황하는 영혼에 대한 등가물 (等價物)입니다.

그분은 또 이렇게도 말했습니다.

중년이 지나면 문학적 편애가 줄어들고 보다 더 소수의 시인에게로 돌아가고 싶은 생각이 든다고. 그리고 지금까지 진정으로 알아보지 않았거나 마음을 풀고 접해본 적이 없는 몇 사람의 시인이 있을지도 모른다고. 그리고, 그런 시인이 있다면 죽기 전에 그들과 일단 청산을 하지 않을 수가 없다고 말입니다.

이와 비슷한 심정은 몸이 나빠지기 시작했던 지난 5년 사이 서서히 저에게도 자연스럽게 예감처럼 감정에 자리잡게 된 생각들입니다.

저는 리얼리즘과 모더니즘이 노도처럼 몰아치던 70년대와 80년대의 길을 리리시즘으로 견디며 리리시즘의 한계를 제 나름대로 극복하고자 했던 시인들 중의 한 사람입니다. 제가 가고자 맘먹었던 길은 형이상학적이고 정신적인,

'초월'과 '신성'(神性)으로 요약되는, 우리 시의 또 하나의 지평을 뜻합니다.

그 길은 아무도 선뜻 가지 않으려는 길, 아무도 더 가보려고 나서지 않는 길, 잘못 발을 들여놓았다간 길을 잃을지도 모르는 운풍(雲風)과 한기(寒氣)로 가득찬 길입니다. 별 보람은 없을지 몰라도 이 길은 제가 여지껏 입지(立志)를 세웠던 길 가운데 지금까지로선 값진 길입니다.

오늘 우리가 이 자리에서 기리는 소월(素月) 시인을 생각해볼 때 저는 두 사람의 김소월로 나누어 보고 싶은 유혹을 느낍니다. 잘 아다시피 한쪽은 살아 생전에 재능을 인정받았으나 크게 빛을 보지 못하고 가난과 한과 고통 속에서 요절한 불행한 시인 소월이고, 또 다른 한쪽은 사후 크게 연구 평가되어 민족시인으로 만민의 가슴에 얽히고 아로새겨진 행복한 시인 소월입니다. 불행한 소월과 행복한 소월 중에서 저는 불행했던 소월 쪽에 인간으로서의 '시인'을 더 느낍니다. 그리고 우리 주변에서도 미래의 가인(歌人)이 있는데 우리가 미처 그를 모르고 있거나 무시하고 있는 것이 아닌가 하고, 주위를 둘러보며 다시 사랑해야겠다는 마음을 가지게 됩니다.

소월은 한 시대의 시인이었지만 앞으로의 시대에 있어서도 영속적인 가치를 지닌 한국의 대표적 시인입니다.

시인은 소월처럼 죽고 난 후에야 비로소 시인이 된다는
이 평범하고 엄숙한 교훈을 머리 속에 깊이 새겨두면서 수상
소감을 마칠까 합니다.
　감사합니다.▨

제6회 소월시문학상 수상작품집

초판 1쇄 — 1991년 12월 20일
초판 3쇄 — 2012년 8월 10일

지은이 — 조정권 외
펴낸이 — 임홍빈
펴낸곳 — (주)문학사상
주 소 — 서울특별시 송파구 오금동 91번지(138-858)
등 록 — 1973년 3월 21일 제1-137호

편집부 — 3401-8543~4
영업부 — 3401-8540~2
팩시밀리 — 3401-8741~2
홈페이지 — www.munsa.co.kr
E·메일 — munsa@munsa.co.kr
지로계좌 — 3006111

＊ 잘못 만들어진 책은 구입하신 서점에서 바꾸어 드립니다.
＊ 값은 표지 뒷면에 표시되어 있습니다.

ISBN 978-89-7012-420-9 03810